야만의 습성

소금북 시인선 · 17

야만의 습성

ⓒ임동윤, 2023, printed in Seoul, Korea

초판 1쇄 인쇄 2023년 11월 10일
초판 1쇄 발행 2023년 11월 15일

지은이 | 임동윤
펴낸이 | 박옥실
디자인 | 유재미 정지은

펴낸 곳 | 소금북
등록 | 2015년 03월 23일 제447호
발행 | 강원도 춘천시 행촌로 11, 109-503 (우24454)
편집 · 인쇄 | 서울시 중구 퇴계로50길 43-7 (우04618)
전자주소 | sogeumbook@hanmail.net
구입문의 | ☎ (070)7535-5084, 010-9263-5084

ISBN 979-11-91210-19-4 03810

값 12,000원

강원특별자치도 강원문화재단

· 이 시집은 강원특별자치도 강원문화재단 나래예술지원사업 지원금으로
 발간되었습니다.

소금북 시인선 · 17

야만의 습성

임동윤 시집

소금북
sogeumbook

황금만능 속에서
오늘을 견뎌내는 사람들…
그 근원을
짚어보고 싶었다

영원 아래서 길을 찾는
그 원초적 야성을
오늘 따라가 본다

| 차례 |

| 시인의 말 |

제1부 오늘의 기도

제2부 팽나무 같은

제3부 마지막 울음

제4부 고요의 무게

제 **1** 부

오늘의 기도

잠시라도

함박눈이 아파트에 내리고 있습니다

꽁지 짧은 새들이 와서 먼저 밟고 갔습니다

눈향나무 둘레가 바닥까지 휘어져 있습니다

쏟아지는 눈발이 야만의 뼈를 덮고 있습니다

물 쟁이는 나무들의 소리가 한창입니다

한 생각이 다른 한 생각을 지우고 갑니다

오직 흰 것밖에 보이는 것이 없다고 믿습니다

안 보이는 것이 더 잘 보이는 순간입니다

사람의 넓이

사람의 마음에도 그림자가 있습니다
해 뜰 무렵 나무의 그림자가 길어졌다가
정오엔 짧아졌다가 저녁에 다시 길어지듯이
사람에게도 그림자는 자주 바뀝니다

해가 진 후, 그림자는 어둠에 사무쳐
어둠을 자신의 슬픔처럼 껴안습니다
서로 만나고 어떤 일과를 수행할 때도
나는 나만의 그림자를 만들곤 합니다

해가 떠서 질 때까지 만드는 그림자
그 품속에서 누군가는 쉬다 가지만
때론 어둠이 짙어 그늘을 안기기도 합니다
그래서 나와 그림자는 늘 한 몸입니다

보름달은 이슬 젖은 그림자를 만들지만
풀벌레 울음이 있어 그 넓이가 깊어집니다

마지막으로

이제는 말할 수 있겠습니다
한 방울 눈물 남기지 못하고
햇살 속으로 문득 사라짐을

그대에게도 말할 수 있겠습니다
피 한 방울 흠뻑 적셔주지 못하고
저 거친 바람 속으로 흩어짐을

그렇게 사라집니다, 나는
최후의 눈물 한 방울 없이
저 칼날 햇볕, 바람 속으로

이젠 안타깝다는 말은 사치
서럽다는 말 황홀한 장식입니다

떠날 때는

바람처럼 왔다가 사리지 듯이
유성의 꼬리가 지상으로 내리꽂히듯이
모든 욕망을 다 버려야 할 시간입니다

힘에 부치는 일은 늘 마지막이 문젭니다
가진 것이 없으면 결과는 보이지 않고
먼지 풀풀 이는 삶은 늘 바닥에 가까웠지요

장딴지에 힘을 주어도 자꾸만 꼬꾸라지는
기둥과 서까래와 지붕들…
폭풍우를 그냥 맞고 있었습니다점점 떠나가는 새소리 강물 소리

그렇게, 떠날 때는 깃털처럼먼지처럼 풀풀 돌아갈 것입니다
흙에서 왔다가 다시 흙으로 돌아가듯이
유성의 꼬리가 한순간에 잠수하듯이

오늘이 소중한 까닭

내일 더 행복할 수가 있다고
너는 말하지만 나는 믿지 않는다

오늘보다
더 건강할 수는 없기 때문이다

내일 더 많이 가질 수 있다고
너는 말하지만 나는 믿지 않는다

오늘만큼
더 먹을 수 없기 때문이다

더 자세히 볼 수 없는 눈
더 맛나게 먹을 수 없는 혀

더 건강할 수 없는 몸
더 행복할 수 없는 시간

오늘이 소중한 이유
더 많이 즐겨야 하는 이유

용서하는 계절

내 움직임의 시간은 정지되었다
비바람이 몰아쳐도 깨어나지 않는다

오오, 내려놓는 욕망이여
봄날은 어디쯤 정박하고 있는가
그늘의 깊이는 가늠할 수 없다
가을은 소멸하고 봄은 아직 잉태 중인가

눈보라의 밤이 언제 아침을 맞을 것인지
초록의 열매들이 언제 붉어질 것인지
눈물 깊은 강에서 나는 다만 깊어진다
소망은 동굴 속에서 잠이 들지만
기다림은 다리를 놓아 빙판을 건너고 있다

아침은 누구에게나 열려있는 법
용서하자, 이 혹한의 계절이 끝나기 전
우리 마음의 문이 꽁꽁 닫히기 전

감히 문장으로도 쓸 수 없는 감동을 맞자

오래 돌아앉은 얼굴들까지 기다리는 시간
용서하지 못한 내력들을 눈밭에 묻는다
나를 떠난 얼굴들과 나는 손을 잡는다
비망록에 저들 주소를 새로 담는다

야만의 그늘

어떤 햇살도
이곳의 어둠을 밝히지 못한다
다만 굶주림이다
그믐도 한창 깊은 계곡
먹을 것 하나 없는 혹풍한설이다

컹컹 울부짖는 승냥이
눈보라에 흔들리는 때죽나무보다
그 가지에 빌붙는 굶주림이 더 무섭다
또 한 번의 밤이 뉘우치듯 지나간다

둘러보아도 숨을 곳 없는
아무것도 남지 않은 벌판, 우리에게
허락된 것은 오직 굶주림
밤새 물어뜯는 피 흘림이 있을 뿐이다

동료가 동료를 배반하는 계절

숨은 먹거리를 찾아 내려가야 한다
슬금슬금 그림자를 끌고 내려가야 한다
마지막 피 흘림의 순간이
그저 그렇게 마련된다고 할지라도

야만의 습성

가야 할 길은 직립이다
이 길을 오르기 위해선
수없이 교차를 건너야 한다
미로 같은 빌딩 숲을 지나야 한다

그래야만 코딱지 같은
집이라도 한 칸 마련할 수 있다

이곳에선 밤과 낮이 공존한다
싸리나무 울타리도
대숲 흔드는 바람 소리도 없는
어머니의 목소리도 없는

그런데도 당신들은 꾸역꾸역 모여든다
직립의 길과 빌딩 사이에
아주 많은 먹잇감이 있다는 듯이
경적과 재빠른 몸놀림만 있는 곳

애기똥풀꽃도 민들레도 피지 않는다

직선과 고층과 에어컨과
안테나만 사는 곳, 이곳에서
길은 사람들을 품고 질주한다
씽씽 미친 듯이 달려간다

영정 앞에서

누구나 한번은 들러야 하는 곳
검은 옷의 사내를 따라가야 한다
국화꽃 장식이 시들기 전
당신은, 검은 리본 액자 속에서
조문객들의 얼굴들을 일일이 점검한다

빈소 밖으로 봄비는 내리고
여전히 웃고 있는 당신 앞에서
우리는 말없이 소주를 마신다
우리를 바라보는 당신 눈짓이,
말하는 입이, 듣는 귀가
모두 느리고 바닥으로 가라앉는다
마치 화면이 정지된 것처럼
관 속의 당신은 우리 가슴을 밟는다

우리는 빗방울 속에 갇혀있고
지울 수 없는 날들이
사진 속에서 달덩이로 떠오른다

운구차는 아직 준비되지 않았다
봄바람으로 느릿느릿 온다
떠나야 할 시간이 멀었다는 듯이

오늘의 기도

우리 죄 없이 살자,
그리하여 예수의 부활도 필요 없고
석가모니의 해탈도 필요 없는 세상

사기꾼 하나 없는
살인자 하나 없는
누구나 사랑으로 감싸 안아서
오늘부터 경찰도
법관도 필요하지 않게

사랑과 헌신으로 살자,
원수까지 사랑하되
강물처럼 넘치게 사랑을 주자

지킬만한 법 다 지켜서
율법 하나 없이도
살아가는 세상

법이 필요 없도록 만들어 보자

죄 없다면
지옥도 필요 없는
그런 세상 한 번쯤 살아봐야겠지

누이의 시간

오십 평생 땀 흘렸던 누이
아지랑이같이 모락모락 흔적 없이
끝내 하늘나라에 든 누이

자식에게 시간 다 빼앗기고
남편의 일 틈만 나면 도와주다가
현대의학으로도 고칠 수 없는
불치의 병을 앓다가
너무 짧게 이승을 마감한 누이

함부로 가볼 수 없는 이국에서
한 줌 뼛가루로 흩뿌려진 누이
나도 모르게 먼 하늘만 바라보다가
흐르는 구름에 안부를 물어보네

살아서는 다시 보지 못하다가
서천으로나 떠도는 누이를 불러보네
오빠, 오빠 부르는 누이를 보네

무르익으면

이젠 비워야 한다는 것
열병으로 가득 찼던 시절을
떠나보내야 한다는 것을

이만큼의 거리에서 보면
먹구름 속에서 뼛속까지 들어찼던 것
그 내밀함으로 눈물 많았던 날들이
비로소 속을 비우는 것을 보네

가을이 제 무게를 버리는 나날
가장 어려운 낙법부터 배워야 할 때
바람과 폭우가 나를 휩쓸고 가지만
스스로 바닥으로 떨어져 보는 일

스스로 인연을 도려내고
가장 낮은 곳으로 내려앉는 일
그런 날들이 왔으면 하네

변두리 시편

낮은 곳으로 강물은 흐르고
말 못 할 슬픔을 누군가 치대나 보다
처마 끝에 따뜻함이 깃드는 저녁

너무 많은 눈물은 제방을 넘쳐나고
꽁지 짧은 새들 허공 끝으로 사라지네
있고 없음이 한 몸인 붓다처럼
산과 숲의 경계를 눈발이 허물고 가네

둥둥 강물에 떠내려가는 안부처럼
바람 많은 대숲으로 사람들은 돌아오고
까마귀 울음 지평선 붉게 물들일 때

마침내 저승의 별이 되는,
말 못 할 슬픔을
누가 질겅질겅 치대나 보다

틈

너와 나, 바람이 들었다
무수한 틈과 틈 사이
한 생을 같이 한 사람에게도
몸과 마음은 따로 있는 법
애초부터 우리는 모두 틈이다
그 틈을 비집고 사람이 산다
어쩌다 틈이 벌어지지만
그곳으로 바람이 드나들면서
우리는 날마다 더 싱싱해진다

그늘의 향기

초등학교 옆 손바닥만 한 공터
벤치에 누워있는 한 사내

머리 위 이팝나무 가지 아득히
고봉으로 담긴 이밥을 보고 있었네

아무것도 먹지 못한 탓인지
눈만 감았다 뜰 뿐,

꼼작 않고
알싸한 꽃향기만 바라보고 있었네

제 **2** 부

팽나무 같은

가물가물

빗줄기 속 어머니는 저 먼 모퉁이에서
지워지는 저녁처럼 서 계셨고
마치 돌아갈 길이 그린 듯 가깝고
승냥이도 호랑이도 아무렇지 않다는 듯이

그렇게 서 계셨고

이슬비에 젖은 나무들도 그 옆에서
서로 손 맞잡고 서 있었고
기다리는 한밤의 막차는 아직 멀었는데

기적 없는 기차역에서 바라보는 나와
박힌 돌처럼 먼 모퉁이에 서 계셨던 어머니,
나 또한 모퉁이를 버리지 못하고
저물 때까지 우두커니 서 있기만 했네

틈 · 2

보도블록 사이

질경이와 걸어가는

틈새와 틈새 사이

피어나는 꽃 한 송이

옹이구멍

옛집 울타리에
송판이 만든 구멍 하나
그곳으로 멧새 소리 드나들고
나팔꽃이 피었다 지고

바람이 와서 두드리고
또 두드리는 눈곱만한 문으로
무너진 집들의 길이 죄다 보이네

둥글게 밥상을 펴고
온 식구가 퍼질러 앉아
도란도란 정담 나누었던 저녁

그 문으로
산비둘기 소리 구구 들리네
눈곱만한 구멍
온통 바람으로 흔들리네

저 강물 숨구멍 같은

무릎에 통증이 가끔 오더니
이 아침엔 걸을 수 없을 만큼 아프다
하루에 한 번 유산소운동을 해서
건강하다고 스스로 자신했는데
올겨울 강추위엔 외출이 두렵고
눈 내리면 빙판길이 자꾸 떠오른다

혹한에 외투 하나 걸치지 못한 나무
빨간 등 달고 자식을 껴안은 저 산수유
그때마다 나는 손녀들을 생각한다
온몸이 재롱 덩어리인 녀석들은
내가 돌보지 않는데도 쑥쑥 큰다
봄비의 꽃봉오리처럼, 무럭무럭
혹한에도 외투 무겁다고 벗어던진다

무릎에 파스를 뿌리면
햇살 환한 곳에 설 수 있을까,

진도 3.7 지진이 있었다는데
손녀들은 오늘 가슴에 촛불 하나 켠다
눈 내린 놀이터에 가자고 보챈다
이 통증 견디면
새로운 아침을 맞을 수 있으리라

저 강물 숨구멍 같은 하루, 따뜻하다

으아리

더 높이 저 푸른 곳으로
공기를 데운 욕망의 열기구처럼
키 큰 나무 친친 감아 오르거나
나는 그대들에게 기대어
내 영역을 바다만큼 넓히고 싶다

하늘 한 평 차지하기 위해
바쁘게 허공을 더듬거리는 이 여름
여리지만 단단한 나의 촉수
걷잡을 수 없는 하늘이
때론 허공이라는 것을 안다

한 걸음씩 내딛는 발자국도
욕망의 곳간을 채워주지 못하고
구둣발에 마냥 짓이겨지는 질경이처럼
보도블록 가까스로 비집는 잡풀처럼

여기, 이만큼의 변두리에 서 보면
저 하늘 끝까지 올라서고 싶다
모든 직립의 목덜미를 잡고
친친 감아 모질게 오르고 싶다

팽나무 같은

틈이 없는 사람은 차갑다
나는 돌 같은 사람을 멀리한다
그런 사람은 눈물 한 점 없다
나는 그런 사람과 함께하지 않는다

눈물이 없다는 것은 그늘이 없다는 것이다
그늘이 없으면 품도 없기 때문이다
그래서 맑은 숲 하나 가꾸지 못한다
나는 그런 사람을 경멸한다
대낮의 햇살도 바람도 없기 때문이다

밤하늘에 뜬 별들을 사랑할 수 없는,
만월의 넉넉함도 껴안지 못하는,
아, 그런 사람을 만난다
만나고 싶지 않지만 종종 만난다

그래서 세상은 또 얼마나 적막한가

팽나무 널따란 그늘에 모여

주거니 받거니 음식을 나누는, 그런

품이 넓은 사람을 기다린다

빨간 등

가지에 빨간 등 간당거린다
눈발에 더욱 맑은 선홍빛이다
어미에게서 떨어지지 않으려
안간힘쓰는 저 빨간 자식들
지난가을부터 빌붙어 산다

자식을 품는 것은 나무의 모성 본능
그런데 왜 아직 그냥 붙어 있느냐고,
나는 그 내력을 묻고 또 묻는다
초록에서 빨강으로 깊어지기까지

치솟는 물가와 취업난을 보며
남의 일 보듯 그저 허허 웃었으니까,
밥이 되지 않는 시를 쓰며 무관심했으니까,
코로나로 모두 마스크를 쓰는 날과
주검을 맞이한 이웃을 모른 체 했으니까,

그러나 지금 눈보라 치는 벌판에 서서
바이러스의 한 세상을 측은히 바라본다
나풀나풀 내리는 저 눈발이 솜이라면
나도 이웃을 사랑할 수도 있을 테니까,

떠날 곳 없어 차마 빌붙는 것이라면
저들에게도 생은 나름 소중한 법이니까,

근황

기쁨도 고뇌도 없는 나날이야
무얼 먹고 싶다거나
특별히 가고 싶다는 것도 사라졌어
그런데 무슨 낙으로 살아야 해
이젠 매미 허물처럼 말라버렸어
아침을 여는 꽃들도
쥐똥나무 연둣빛 잎새도
더 이상 꿈이 되어주질 않는 걸
오늘을 그저 살아갈 뿐이야
그런데도 불행하거나 슬프지는 않아
단풍 드는 소식을 TV에서나 듣고
구봉산 커피숍에서 가끔 시간을 축내지
물론, 영양가 없는 시를 쓰기도 하지만
누가 좋아라 맞장구나 치겠어?
참 오래 썼어도
마른 먼지만 풀풀 날리고 있는 걸
가슴에는 늘 희뿌연 안개

오오, 혓바닥 날름대는 뱀이여
기쁨도 고뇌도 없는 나날이야

꼬물꼬물

노트북의 글자들이 가물가물
개미들이 꼬물꼬물 기어 다닌다
한나절을 앉아 있어도 초롱초롱 맑고
생각도 또렷또렷 떠올랐는데
이젠 두어 시간 편집하면
글자들이 튀어나와 꼬물거린다

참 많이도 사용한 눈이여
쉬엄쉬엄하라고 아내는 보채지만
집중해야 집중이 되는 것을 어쩌랴,
눈도 내 몸의 일부임을 체득하며
잠시 돋보기를 내려놓는다

아침 산책

꽃잎 여는 햇살을 본다
참 보드라운 손길
나무들이 눈을 뜨는 것을 본다

아침 여는 햇살을 본다
참 눈 시린 몸짓

환한 빛에 얼굴 씻는 풀아
색색으로 불타오르는 꽃아
이제 너희에게 어둠은 없다

가난하다는 말도
좌절이라는 말도 너무 죄스러운
이 아침, 이 오묘한 햇살

나는 희망이 되고 싶다
마음으로만 가닿는, 어리석은

겨울 그림자 · 2

처마까지 폭설에 묻혀가고 있다
대낮인데도 빛살은
안방을 적시지 못하고
마당귀의 새들도
마루 밑으로 숨어든 지 오래
멀고 가까운 계곡과
산등성이에서는 나무들 휘어지는 소리
안방 귀퉁이에 머물던 빛살이
벽을 타고 바깥으로 빠져나가면
옛집은
눈보라에 싸여 늙어간다

정상의 의미

기억해야 할 이름조차 가물거린다
가슴은 모래바람 몰아치는 사막이 된다

그리워해야 할 얼굴조차 낯설어진다
갑자기 주변의 모든 것이 캄캄해진다

한 마리 굶주린 낙타가 되어
아직 찾아야 할 것이 몇 개 남아있는가?

차마 버리지 못하는 세상의
허술한 끈 놓지 못하는
오오, 미욱한 육체여

이름 부르기

너의 이름을
백의의 천사라고 불러주었듯이
내가 마지막 시인이라고
너도 불러주렴

풀잎에 고였다가
햇살에 말라버리는
저 투명한 생명이
고요히 적멸에 들 듯이

그렇게
시인이라고 불러주렴
오늘, 피는 꽃들이
너만큼 환하게

봄날

겨우내 닫혔던 문이 열리면서
문가에 내놓은 화분이 안팎을 밝히네

데이지, 마가렛, 무스카리, 베고니아,
시클라맨, 제라늄, 튤립, 프리지아…

노랑, 오렌지, 분홍, 연보라가
서로 등 기대고 만드는 풍경

꽃다발을 다듬는 손
천 개의 꽃을 피우고 있네

저녁의 깊이

기적소리 예감하듯이
문득 이별을 예감하듯이

뱃고동 소리 예감하듯이
그대 사랑을 추억하듯이

저녁 으스름
법고 가슴 치듯이

제 **3** 부

마지막 울음

낚시

몸이 낚일 때가 있다
한순간 배스의 먹이가 되기도 하는
그때마다 나는 당신들의 노리개였다
바늘에 등짝이 꿰여
수심 깊은 곳을 방황하다가
한순간에 먹히고 마는 나는,

마냥 발버둥 치며 벗어나려 해도
목덜미를 낚아채는 완강한 힘
나는 눈곱만한 벌레였고
동굴 속의 잠자는 굼벵이였다
바늘 올가미에 강물 속을 떠돌았고,
바늘 날카로움에 등허리는 찢겨졌다

삶은 늘 붕어처럼 낚여졌고
당신에게 나는 종신하였다

밑바닥의 시

풀의 생애는 늘 밑바닥이다
가느다란 줄기에서부터
가까스로 허리를 펴는 꽃숭어리까지
풀들은 흔들리며 모로 눕는다

출발에서 종착역까지 맨바닥인 풀
바람의 길을 따라 허리를 꺾으며
제 그림자의 크기만큼 영역을 만들 뿐
지금 이 벌판에서도 밑바닥이다

자양분의 땅도 물도 햇살도 모자란
사랑도 눈물도 고독도 모두 버린
변두리 땅, 가장 밑바닥이다

거울 앞에서

주름에 갇힌 얼굴이란
가꾸어도 검버섯 핀 몰골임을 안다

뿌연 수증기의 거울을 닦아도
거기, 측은한 얼굴
보여줄 사람 없는 만큼
잘 가꿀 일도 없는데
턱수염과 구레나룻을 민다
어쩌다 총명한 눈빛을 떠올려보는 건
아직 버리지 못한 젊음이 남아서겠지
수증기와 수증기 사이
주름진 얼굴만 클로즈업될 뿐,
그래서 마냥 얼굴 다듬고 있다

또렷이 떠오르는 건
오직 저 봄날, 마치
무슨 약속이라도 있는 것처럼

마지막 울음

장맛비 잠시 그치면
나는 푸른 과즙이 넘쳐나는 나무숲으로
이쪽 나무에서 저쪽 나무 그늘 속으로
신나게 날아들다가 종종걸음치다가
저녁이면 불빛 현란한 아파트촌
플라타너스 숲으로 옮겨간다
등나무광장이 울릴 듯이 포효하며
베란다 방충망까지 찾아가
내 마지막 울음을 전달한다
자정 무렵인데도 별빛은 보이지 않고
내 목쉰 울음은
성냥갑 집들이 켜놓은 대낮 같은
불빛 속으로 마구 빨려들어 간다
내 생애가 조금 연장되었다는 듯이
초록 잎새가 노랗게 변할 때까지
너를 부르며 마지막 눈을 감고자 한다
빛이 밝아도 찾아갈 길을 잃을까 싶다

그래, 나는 울음을 그칠 수가 없다
이 여름밤은 너에게 잊히지 않으려고
쏟아붓는 빗줄기와 열대야 속에서도
울음이 잦아드는 목울대를 한껏 뽑아본다
직립의 벽에 머리를 처박기도 한다
너를 부르다가 내 목소리를 잃어버린 밤
불빛 한가한 등나무 그늘로 날아가
바람 소소한 고요 속에서
내 마지막 울음으로 너를 부르고 있다

이팝나무

보리 이삭은 피지 않았다
지난 양식도 떨어져 그늘만 고인 날
나무우듬지 끝을 보면
새하얀 꽃 소복소복 뒤집어쓴
이밥 수북이 담은 밥그릇이 보인다

곤줄박이 소리 깊어가는 그늘 속
누군가 와서 배가 터지도록 먹고 있다
꽃잎 바람과 찰랑거리는 햇살
눈물은 바닥에 묻고
달고 푸른 추억을 돌리고 있다

굶주림에 몸져눕던 앙상한 가지는
희디흰 이밥 그릇으로 넘쳐나고 있다
이따금 오목눈이 입맞춤에 몸을 맡기고
종일 바람과 햇살 흰 포말 파도가 인다

찰랑대는 흰 머릿결,

그 눈부심에 자지러지는 새 떼들

떠나려 해도 떠날 수 없는 눈부심으로

배가 부른 시간은 환하다

담과 벽 사이

담과 벽 사이
골목에는 눈과 귀가 산다
어울려서 흘러넘치는 푸념
취객들이 토해놓은 울분까지
잘 보고 잘 엿듣는다

비바람도 닫지 못하고
눈보라에도 얼어붙지 않는
골목의 눈과 귀
담쟁이넝쿨과 능소화까지
피워놓은 좁다란 길
온순한 짐승처럼 누워있다가도
캄캄한 사건이 있는 날에는
한껏 여는 귀와 눈

저마다 토해내는 말들이
전신주에 담벼락에

담쟁이넝쿨처럼 전시되고 있다

흐린 가로등을 배경으로

담과 벽 사이

작지만 사방 뻥뻥 뚫린 길

보도블록

숲이 있던 자리
직립의 아파트가 들어서면서
보도블록이 깔려졌네

흙을 뒤집고
풀꽃들을 깔아뭉개고
직각으로 깔린 길이
게릴라 성 폭우를 감당하지 못하고
물바다를 이루고 말았네

보도 위를 넘쳐나는 물
반지하 셋방으로 넘쳐나네
가구며 책이며 냄비들이 둥둥 떠다니네
도무지 열 수 없는 문은 감옥

흙이 없는, 풀꽃이 사라진
보도블록이 깔린 길은 불편하네

겨울 산수유

눈보라 속에서도
가지는 빨간 등을 밝히고 있다

흰빛 속에서
더욱 빨갛게 빛나는 등불들…
춥지 않아?
괜찮아, 솜이불 덮었잖아
그런데도 혹한은, 다음날 몰려왔다

눈보라 흔들리는 나무는
찰싹 가슴에 달라붙는 자식들을,
혹여, 바닥으로 떨어뜨릴까 봐
두 눈 질끈 감고 겨울을 건너간다

그리곤 예감의 봄
엄동을 견딘 나무는 노란 자식들을
꼬물꼬물 매달기 시작하리라

사라지는 숲

마을에 아파트가 들어섰다
송이밭 뒷산 허리도
움푹, 벌겋게 파헤쳐졌다

높은 곳에 올라 내려다본다
눈 닿는 곳마다 벌겋다, 아니 검다

성냥갑 집들이 숲을 집어삼킨 탓이다
나는 캄캄한 사막이다
물 한 모금 먹지 못하는 낙타다

그곳으로 모래알만 들락거린다
종일 허물어진 둘레
벌겋게 파헤쳐진 마음으로 떠돈다

열대야

꽃 피고 새 우짖던
산들이 야금야금 허물어졌다

숲이 허물어지면서
하늘말나리도 사라졌다
오목눈이와 방아깨비도 사라졌다

고층 아파트가 잡초처럼 자라면서
바람도 숲 그늘도 무너진 밤

불덩이 같은 밤이 와서 머물고 있다
타라, 그늘진 욕망을 불태워라

밤새 에어컨으로 체온을 다스리지만
찌근대는 두통은 잠재우지 못한다
내가 허문 숲이 나를 집어삼키고 있다

늪의 시간

이른 새벽까지
나는 흰 머리칼 쥐어뜯으며
흔들리는 갈대가 되고 있었다

못물에 발을 묻고 있었다
바람에 흔들리고 있었다

개구리와 물고기들은 숨을 죽이고

대낮이 되도록
마른 갈대숲을 헤매는
나는 족제비가 되어 있었다
바람 없는데도 흔들리고 있었다

밤이 되자
꽃들은 피어나지 못하였다
시멘트 난간의 비둘기는 불임이었다

그런데도,

별들은 어둡게 반짝거렸다

쥐똥나무의 말

온통 연둣빛 몸이에요
첫 번째 문을 열고
가만히 불러보는 당신
그저 바라만 봐야 하는 당신

저 솜털처럼 보드라운 당신을
나는 촉감으로 느낄 수가 있어요
꽃샘바람이라 좀은 춥지만

귀밑머리 만지는 당신이 정말 좋아요
아무런 소리도 없이 눈부시게 온 당신
따스한 촉감, 그냥 느껴보는 따스함

만질 수도 껴안을 수도 없지만
그냥 온몸으로 느끼고 있어요
보드랍고 따뜻한 손길을
연둣빛 잎새 가득 맞이하고 싶어요

그러다 어느 아침
희게 피어나고 싶어요

뚝, 그쳤다

새벽 빗줄기 속에서도
참매미 울음을 마지막으로 듣는다
임종을 맞고 있나?
맴맴, 매~애앰, 그악스럽던 울음소리
차츰 잦아지더니 고요해졌다

어디서 날아왔는지
베란다 방충망에 달라붙은 매미
새벽까지 빗소리를 가르며 운다
나무껍질이 아닌 데도
방충망이 마치 숲이라도 된다는 듯이

거미줄도 새도 겁나지 않다는 듯이
마치 최후의 짝짓기도 끝났다는 듯이
한참을 울다 뚝, 그쳤다
순간 적막해지는 아파트단지

하얀 낙관

눈 내리는 마당에
참새들이 방문하셨다

일렬횡대도 아닌
막무가내의 몸놀림으로
폴짝폴짝 뛰놀다가
짹짹 발자국을 찍어보다가
포롱포롱 날아가셨다

우리 밟고 가는 세상
너무 무거워 어둡기만 한데
참새들이 찍고 간
눈밭의, 참 맑은 낙관

맑은 날

민들레 한 송이

머리칼 풍성한
울 할머니 모습이네

꽃대 꺾어 불면
아득히 하늘 오르는데

모든 길 환해지네

제 **4** 부

고요의 무게

간이역

오지도 않을 너를 기다리는

오지도 못할 너를 기다리는

속절없는 시간은 들끓는데

나 그래도 기다린다

막차도 끊긴

눈보라 캄캄해질 새벽까지

고요의 무게

당신의 벤치에
황갈색 나뭇잎 얹힌다
고요가 더께로 쌓인다

작약이 피었다 사라진 그 역 앞
나비도 떠난 공원의 꽃술 언저리
꽃무릇 가득하던 적막한 숲길
참새 재잘대던 아침 마당귀

모두 머물다 떠난 자리는
떠났다는 의미 하나로 고요하다

부를 수 없는 이름이
사라진 자리
어제 내린 햇살 투명하다

새들끼리

저마다 집을 짓네
마른 대공 더욱 가볍게
잎사귀는 잎사귀대로
휘어지고 때론 꺾이면서
저마다 집을 짓네

마른 덤불 속에다
허술하지만 체온으로 덥혀 갈
한 사나흘 눈 내려도 포근한
시베리아 혹한도 너끈히 견딜

가난하지만
넉넉한 집들을 짓네

겨울 아침

눈 내린 시골집
붉은머리오목눈이들이 와서
재잘재잘 놀고 있다

마냥 짓밟고 더럽는
주둥이로 콕콕 쪼아먹어도
하얗게 때 묻지 않는 마당

나뭇가지에
쌓였던 눈이 툭 떨어져도
아무렇지 않은 듯 놀고 있다

햇살에
날갯죽지 붉게 물들도록

늦여름

수염을 한껏 늘어뜨린 옥수수가
어제 말린 수염을 다시 햇살에 말리고 있다

우듬지 끝에 빛나는 햇살
눈부신 허공에서 떨어지지 않으려고
고추잠자리 날갯짓 분주하다

바람 한 점 없는 마당귀퉁이
어머니가 심은 익모초 쓴맛으로 익어갈 때
툇마루 밑에서 삽살개는 선잠이 든다

풀이며 꽃이며 나무들이
저마다 제 그림자를 길게 눕히고 있다

나무와 매미가

나무 둥치에 붙어
전 생애를 울다가
장맛비에 젖은 날개를 말리다가

울다가 그쳤다가 울다가
바람에 호들갑 떠는
이파리를 바라보네

참 맑고 투명한 울음이야,
나 몰라라 했던 나무가
한껏 귀를 열고 오래 지켜보네

여름밤

아파트단지에
밤새도록 비가 내린다

쥐똥나무 시든 가지를 적시고
느티나무 그늘을 일으켜 세우며
등나무 뒤틀린 가지를 어루만지고 있다

통통, 텅텅, 티잉 팅,
낡은 개수대 홈통을 타고내리는
빗물 소리가 메조스타카토로 일어선다

마치 아파트엔
더러운 것이 너무 많다는 듯이
말갛게 씻어내야 한다는 듯이

퉁퉁, 텅텅, 티잉 티잉,
밤새 광장을 두드리고 있다

개나리꽃

이 가지에서 저 가지로
저 가지에서 이 가지로

노란 병아리들이
올망졸망 한꺼번에 눈을 뜨네

햇살에 맑게 머리 헹구고
다투어 이름과 나이를 묻고 있네

바람도
사르르 잠드는
이 환한 대낮

넓이와 깊이

너의 이름을 마구 호명한 죄로
깎을수록 커지는 구멍의 넓이만큼
너를 사랑해야만 한다면
찬 바람 막아주는 나무가 되어줄게

그 깊이와 넓이만큼
팽나무숲에서 나누었던 그 봄날처럼
무딘 너의 가슴에 별빛을 심어줄게
바람이 남긴 그 깊이와 넓이만큼

너의 이름을 함부로 호명한 죄로
깎을수록 깊어지는 구멍
저 별처럼 너를 사랑해야 한다면
창문 옆 한 포기 풀꽃이 되어줄게

미망迷妄 · 3

때 묻은 몸 별빛으로 헹구며
나는 너희들이
눈 뜨는 아침을 기다렸다

어제의 바람은
오늘의 먼지가 될 수 없었다
천둥 번개도 적이 되진 못하였다

너희 몸 구석구석 오르내리며
나는 물이 되어 주었다
최후의 피 한 방울 남김없이
오롯이 아침을 기다리고 있었다

대낮이 되자 몸은 마르고
나는 죽고
내 옆에서 너희들은 환해졌다
개화의 꽃들로 사방이 환해졌다

새날

저 아득한 별을 보며
새로운 꽃을 만날 수 있을까요?

당신의 보살핌일까요?
좁은 교차로를 잘 건너고
오늘 하루 탈 없이 보낸 것
우듬지 끝에 매달리는 저 별을
기도하는 마음으로 볼 수 있을까요?

남보다 많이 가지려고 했던 것,
최고가 되어야 직성이 풀렸던 것,
그 모든 것들 죄다 내려놓고
저 별을 맘껏 볼 수 있을까요?

버릴 것이 너무 많은 나날
다만 아득히 저 별만 바라봅니다

저 눈발들

모든 것을 버려야 하듯
지난 상처를 덮는 저 눈발들
백사장 깊이 묻어둔
지난여름의 발자국까지 지워진다

초록의 날이 떨어지기까지
무섭게 휘몰아쳤던 바람
피 한 방울 다 흘린 다음에야
비로소 가벼워지는 몸무게

모든 것을 버림으로써
더욱 고요하게 내리는 저 눈발들
버린 자리마다 흰 복록 소복하다

백사장 지울 듯
펑펑 가슴 치는 저 눈발들

고요,
그 무늬를 위하여

임 동 윤

고요, 그 무늬를 위하여

임동윤

　열여덟 번째 시집 『야만의 습성』을 펴낸다. 좀 더 참신한 언어와 새로운 형식으로 시집을 선보이고자 했으나 나의 게으름 탓인지 여전히 불만족스럽다. 그러나, 자본의 야만성과 거기서 벗어나려는 몸부림이 조금이라도 느껴졌으면 좋겠다.

　근원적인 면에서 시 쓰기는 나를 구원하는 일이다. 일상에서 마주치는 절망과의 싸움, 거기서 벗어나려는 몸부림이다. 그래서 나의 시는 가난한 가족사와 절망의 비망록, 혹은 일상의 권태와 허무에의 각서로서 발현된다. 고독과 허무, 절망과 시련으로부터 일어서서 생의 극복과 참다운 삶을 성취해내려는 희망의 한 양식으로 나의 시는 단단하게 뿌리 박혀 있다. 이런 것들이 나를 붙들고 있는 시의 힘, 그 뼈대를 이루는 근본 축이라고 느껴진다.

어린 시절의 기억, 어머니 눈물겨운 노동, 거미와 바람만이 주인이 된 옛집…. 내 안의 모든 집이 허물어진 풍경 속에서 요즘 나는 따뜻한 영원을 그리워하게 된다. 그래서 나의 시는 풍경의 내면화와 내면의 풍경화가 늘 한 몸을 이룬다. 풍경 속에 스며 있는 미세한 감정의 떨림은 과장된 비명이거나 불안한 눈빛으로 나타난다. 상처 입은 적막감으로 흔들리는 삶을 바라보는 시선은 다소 우울하지만 아주 슬프지 않은 반투명의 그늘을 드리운다. 그래서 우리 삶의 주변에서 만나는 가르랑거리는 숨결을 되도록 애정 어린 눈으로 바라보고자 하는 것이다.

따라서 『야만의 습성』은 내가 바라보는 풍경의 내면이기도 하고 내가 소망하는 삶의 풍경화이기도 하다. 그것을 나는 욕망의 비망록, 의식의 숨김이라고 명명해보는 것이다.

어떤 햇살도
이곳의 어둠을 밝히지 못한다
다만 굶주림이다
그믐도 한창 깊은 계곡

먹을 것 하나 없는 혹풍한설이다

컹컹 울부짖는 승냥이
눈보라에 흔들리는 때죽나무보다
그 가지에 빌붙는 굶주림이 더 무섭다
또 한 번의 밤이 뉘우치듯 지나간다

둘러보아도 숨을 곳 없는
아무것도 남지 않은 벌판, 우리에게
허락된 것은 오직 굶주림
밤새 물어뜯는 피 흘림이 있을 뿐이다

동료가 동료를 배반하는 계절
숨은 먹거리를 찾아 내려가야 한다
슬금슬금 그림자를 끌고 내려가야 한다
마지막 피 흘림의 순간이
그저 그렇게 마련된다고 할지라도

—「야만의 그늘」전문

내 고향 경북 울진군 금강송면 쌍전리는 첩첩산중이다. 머리를 들어도 보이는 것은 좁다란 하늘과 산뿐이었다. 겨울이면 한 사나흘 눈은 내려서 마을과 마을을 이어주던 모든 길들은 단절되었다. 처마 밑까지 쌓이는 폭설은 공포였다. 그런 밤엔 굶주림에 지쳐 마을까지 산짐승들이 내려오곤 하였다. 여기저기서 울부짖는 짐승울음은 허술한 문을 넘어왔다.

그해 겨울, 눈보라와 굶주림을 견디지 못해 울부짖던 승냥이 울음은 아직도 나에겐 무서움으로 남아있다. 그렇다. 어쩌면 사람에게 붙들려 죽을 수도 있다는 것도 모르고 마을까지 내려왔던 토끼와 고라니와 승냥이와 멧돼지와 살쾡이들…. 굶주림을 면하기 위한, 어쩌면 죽음까지 마다하는 세상은 오늘 이 도시에서도 여전히 독버섯처럼 자라나고 있다.

위 시「야만의 그늘」은 그런 굶주림과 죽음 앞에서도 어쩔 수 없이 자행해야 하는 한 짐승을 통해 그 아픔을 노래하고 싶었다. 자신의 의지대로 사는 삶이 이 도시 어느 곳에 존재하고 있으랴. 있다면 참으로 좋을진저!

가야 할 길은 직립이다
이 길을 가기 위해선
교차를 건너야만 한다

미로 같은 빌딩숲을 지나야만 한다

그래야만 코딱지 같은
집이라도 한 칸 마련할 수 있다

이곳에선 밤과 낮이 공존한다
싸리나무 울타리도
대숲 흔드는 바람 소리도 없는
어머니의 목소리도 없는

그런데도 당신들은 꾸역꾸역 모여든다
직립의 길과 빌딩 사이에
아주 많은 먹잇감이 있다는 듯이
경적과 재빠른 몸놀림만 있는 곳
애기똥풀꽃도 민들레도 피지 않는다

직선과 고층과 에어컨과
안테나만 사는 곳, 이곳에서
길은 사람들을 품고 질주한다
씽씽 미친 듯이 달려간다

— 「야만의 습성」 전문

위 시는 본 시집의 표제작이다. 누구나 욕망을 지니고 있다. 그것은 태어날 때부터 몸속에 지닌 원초적 야만성이다. 그래서 이 우주는 보이지 않는 욕망을 진진 자들의 목숨을 건 격전지이다.

나는 요즘 이 원초적 야만성에 대해 천착하고 있다. 그래서 가진 자와 못 가진 자, 힘 있는 자와 힘없는 자, 중앙에서 버티고 있는 자와 변두리로 내몰린 자를 성찰한다. 저 직립의 높다란 빌딩과 바벨탑 같은 아파트에 사는 사람들과 거기에서 내몰린 주변부의 사람들을 눈여겨 탐색하는 것이다. 황금만능주의로 물든 세상에서 거대한 거인처럼 살아가는 사람들. 그 야만의 그늘에서 변두리로 내몰리는 사람들과의 상관관계, 이런 것들을 모든 것을 초월한 듯 객관적 시선으로 바라보고자 한다. 약육강식의 세상에서 자신을 버리면서까지 누군가를 지키고 싶어 하는 의인들을 나는 불러내고 싶다. 현란한 수사 없이도 그들의 존재 가치를 짚어보고 그로부터 낮고 깊은 소리를 듣고 싶어 하는 것이다. 자연에서 길을 찾는 순수존재로서의 한 야성의 습성을 되짚어보고자 하는 것이다.

　　내일 더 행복할 수가 있다고

너는 말하지만 나는 믿지 않는다

오늘보다
더 건강할 수는 없기 때문이다

내일 더 많이 가질 수 있다고
너는 말하지만 나는 믿지 않는다

오늘만큼
더 먹을 수 없기 때문이다

더 자세히 볼 수 없는 눈
더 맛나게 먹을 수 없는 혀

더 건강할 수 없는 몸
더 행복할 수 없는 시간

오늘이 소중한 이유
더 많이 즐겨야 하는 이유

                —「오늘이 소중한 까닭」 전문

하루하루가 매우 소중하다는 것을 깨닫는 요즘이다. 나이 들면서 몸의 모든 기능이 조금씩 바닥으로 가라앉으면서 건강에 대한 자신감도 떨어지고, 어떤 날은 문득 죽음까지도 예감하게 되었다. 내일의 희망이라는 것이 이 나이엔 무척 사치하다는 생각이 드는 것이다.

그래서 내일보다는 오늘이 소중하다는 것을 깨닫는다. 오늘 기쁜 일이 많았으면 한다. 오늘 즐거운 일 많이 하고, 맛난 음식도 양껏 먹고, 보고 싶은 얼굴도 시간을 내어 만나고, 가보고 싶은 곳도 맘껏 가보고 싶다. 내일은 보장할 수 없기에 오늘이 나에겐 가장 소중하다.

영원 아래서 잠시 머물다가는 생이라면 끝없이 이어지는 길의 도정에서 나는 고요해진다는 것에 대해 생각하고 있다. 모든 욕심을 내려놓는 일이 고요해지는 일일까. 그 고요의 길이라는 것이 내 밖에 있는 것이 아니라 내 안에 있다는 생각이다. 모든 것을 좀 더 깊이, 폭넓게 들여다보는 것은 오로지 내 마음의 문제라는 생각이다.

아래 시, 「잠시」도 그런 생각에서 나온 소산물이다.

함박눈이 아파트에 내리고 있습니다

꽁지 짧은 새들이 와서 먼저 밟고 갔습니다

눈향나무 둘레가 바닥까지 휘어져 있습니다

쏟아지는 눈발이 야만의 뼈를 덮고 있습니다

물 쟁이는 나무들의 소리가 한창입니다

한 생각이 다른 한 생각을 지우고 갑니다

오직 흰 것밖에 보이는 것이 없다고 믿습니다

안 보이는 것이 더 잘 보이는 순간입니다

—「잠시라도」전문

그렇다면 고요해진다는 것은 무엇일까? 흔히들 욕심을 내려
놓기, 모든 것을 깊이 사랑하기, 아무리 급해도 느리게 생각하
고 사는 행동하는 것이 고요의 첩경이라고 한다. 그러나 그것

이 생각보다는 잘 안 된다. 나는 고요해지기 위해 오늘을 견디고, 고요해지기 위해 오늘을 산다. 고요해진다는 것은, 저 흐르는 강물처럼 저 넓은 바다처럼 욕심을 내려놓아야만 가능한 일일 것이다. 그래야만 그 고요의 끝자락이라도 겨우 잡아볼 수 있지 않을까? 이 고요해지는 도정이 바로 또 하나의 다른 삶임을 나는 깨닫는다. 그러나 그 길은 여전히 비포장 가시밭길이고 계곡이고 벼랑이다.

오늘, 그 험난한 길을 가기 위해 나는 조금씩 고요해지려 한다. 그러나 고요해진다는 대명제 앞에서 그저 막막해져 있다. 그러면서도 나는, 나의 시가 한껏 고요해져서 마지막에는 한 큰 울림의 근원이 되기를 염원해보는 것이다.

사람의 마음에도 그림자가 있습니다
해 뜰 무렵 나무의 그림자가 길어졌다가
정오엔 짧아졌다가 저녁에 다시 길어지듯이
사람에게도 그림자는 자주 바뀝니다

해가 진 후, 그림자는 어둠에 사무쳐
모든 어둠을 자신의 슬픔처럼 껴안습니다
서로 만나고 어떤 일과를 수행할 때도

나는 나만의 그림자를 만들곤 합니다

해가 떠서 질 때까지 만드는 우리 그림자
그 품속으로 누군가는 쉬다 가지만
때론 어둠이 짙은 그늘을 안기기도 합니다
그래서 나와 그림자는 한 몸입니다

보름달은 이슬 젖은 그림자를 만들지만
풀벌레 울음이 있어 그 넓이가 깊어집니다

—「그림자의 깊이」전문

　나는 사물에 대한 되도록 따뜻하고 밝은 눈을 가지고 싶다. 사물과 자아 사이의 오랜 친화에 온 힘을 쏟아붓고 싶은 것이다. 그래서 나는 풍경 혹은 환경에 현란한 수사 없이 그 존재 가치를 짚어보고 그 대상으로부터 낮은 소리를 듣고 싶어 하는 것이다. 작고 버려진 것들은 많은 시인이 누구나 즐겨 노래하는 영원한 소재다. 그런데 내 손끝에서 그들이 힘을 얻고 살아서 이 세상에서 모반을 꿈꾸기를 나는 갈망한다. 봄날 길바닥에 무수히 피어나는 질경이와 민들레꽃들…. 온통 구둣발에

짓밟히고 납작해진 그 꽃들을 일으켜 세워 하늘까지 가슴에 품을 수 있도록 만들고 싶다.

나는 어둠 속에서 빛을 보고 빛 속에서 어둠을 보기를 원한다. 모든 것이 잠든 밤에는 더욱 고요한 어둠을 본다. 이렇듯 나의 응시는 정지된 시간의 응시가 아니라 계속 흘러가는 시간 속의 응시다. 그러므로 내 눈은 유년에서 지금까지 끊임없이 움직이고 있다고 보아야 할 것이다. 내 응시가 하루하루 시간의 끝을 향해서 간다고 본다면 분명 나에겐 아픔일 수 있다. 자연 속에서도 내가 바라보는 어둠과 빛, 자연에 통하여 길을 찾는 나는 순수한 존재로서의 한 시인의 모습으로 남고 싶다. 그것이 비록 남 보기에는 그만큼 처연해 보일지라도 말이다.

시를 쓴다는 일은 한 마디로 피를 말리는 일이다. 단 한 줄의 시를 쓰기 위해서 밤을 지새우기도 하고 단 한 마디의 단어를 찾기 위해 몇날 며칠을 보내기도 한다. 그러나 단 한 줄의 시도 쓰지 못할 때가 더 많다.

그러나 나는 시를 쉽게 쓰고 싶다. 한 폭의 그림을 그리듯 시를 쓰고 싶다. 수채화 그리듯 눈 감고도 그 정경과 분위기를 표현하고 싶다. 예를 들면 「고요」라는 분위기를 살리기 위해 별과 바람과 숲을 동원한다. 흔들리는 나뭇가지와 그 가지 끝에 붙어 울음 우는 참매미를 동원한다.

이제 내 시가 얼마나 고요해지고 깊어질지는 나 자신도 모른다. 다만 내가 사유하는 그 깊이, 혹은 그 고요만큼 절정을 향해서 더욱 느리게 달려갈 것만은 분명하다. 이 세상에 존재하는 모든 것들의 상처를 어루만지며 그 아픔의 흔적들을 빛으로 승화시키는 나의 작업이 어떤 빛깔, 어떤 무늬로 나타날지는 아무도 모른다. 다만 지켜보고 보듬고 인내하면서 기다리는 일이 지금 나에겐 소중할 뿐이다.